LOISIRS

DE L'ATELIER

(3me SÉRIE)

Poésies d'Émile BOLARD

1873

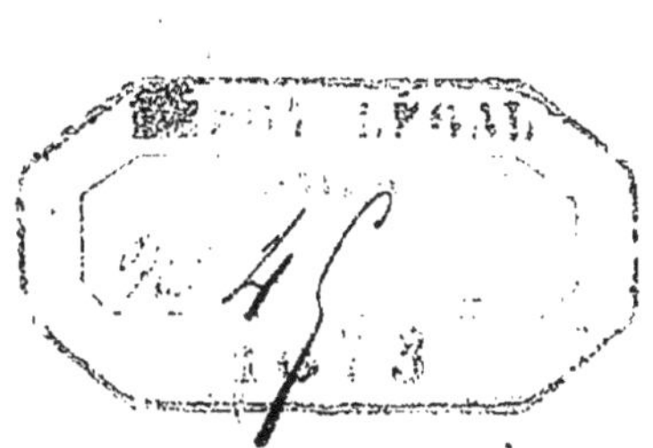

POLIGNY

IMPRIMERIE DE G. MARESCHAL

—

1873

LOISIRS DE L'ATELIER

(3me SÉRIE)

Poésies d'Émile BOLARD

LE VIN D'ARBOIS

Aux pieds de grands et riches côteaux
    Arbois s'élève;
Ses vins sont rivaux des Bordeaux.
    Gais enfants d'Eve,
Chantons, chantons tous à la fois,
Chantons, chantons le vin d'Arbois.

Autour la vigne s'étage
De Vadans à l'Ermitage,
Et lorsque le soleil d'août
Mûrit brune et blonde grappe,
On forme une immense agape
Que l'on appelle le Biou.
Par une coutume antique
Comme une sainte relique,
Le Biou, très-bien décoré,

Suspendu sous le portique
De la vieille basilique,
C'est la dîme du curé.
Aux pieds etc.

Laissons la blonde déesse
Mettre les dieux en ivresse
En leur versant du nectar.
Laissons l'eau claire aux ondines,
Buvons le vin des Baudines,
Le seul rival du Pomard.
Que les fils de l'Angleterre
Boivent le gin ou la bière,
Buvez le cidre, Normands.
Pour fêter la République,
Buvons l'Arbois hérétique
En narguant les Allemands.
Aux pieds etc.

Bacchus à la rouge trogne
Ferait fi du vrai Bourgogne
S'il connaissait le Vauxin
Ou bouteilles conservées
Des Mélinots, des Corvées,
D'Arsures ou Pupillin.
Mais pour chanter la louange
De ces bons vins sans mélange,
A table rassemblons-nous,
Vidons ces fines bouteilles,
Buvons toujours les plus vieilles

Et chantons comme des fous.
Aux pieds etc.

FLEUR DES ALPES

Sur les sommets neigeux, où le sapin lui-même
Ne pourrait affronter les autans furieux,
Fleur des Alpes, dis-moi le nom de qui te sème,
Si tu viens de la terre ou si tu viens des cieux.
Loin des baisers brûlants du papillon volage,
Tu crois, petite fleur, à la porte du ciel,
L'aigle seul, en passant, effleure ton feuillage,
Et ton calice est plein de rosée et de miel.

Sur le rocher désert, une neige éternelle,
A ton feuillage vert offre son blanc tapis
Quand partout dans les champs, pour la moisson nouvelle,
Les rayons du soleil jaunissent les épis.
Pour conquérir le prix de sa course intrépide,
Le hardi voyageur sait braver le danger
Pour arriver à toi sur le sommet rapide,
Et t'emporter au loin sur un sol étranger.

Parfois, ce voyageur, sur la blanche pelisse
Qui cache au téméraire un ravin très-profond,
S'avance, et, sous son poids, la nappe blanche glisse,
Ensevelissant l'homme en un gouffre sans fond.

Quand le gouffre béant se recouvre de neige,
Ta tige, mollement, aux vents capricieux
Se balance, attirant dans l'horrible piège
L'explorateur des monts au cœur audacieux.

L'amour comme la neige, au printemps de notre âge,
Sait cacher à nos yeux le plus terrible écueil,
Et quand l'homme se croit au terme du voyage,
En étendant la main, roule au fond du cercueil.
Bien souvent dans la vie on voit un cœur de femme
Tel qu'un rododendron très-facile à cueillir,
On accourt, et le gouffre ensevelit notre âme,
Et la femme sans cœur continue à vieillir.

MORT DE LÉON MESNY DE BOISSEAUX

Immobiles, muets,
Retenant notre haleine,
De nos yeux inquiets
Interrogeant la plaine,
Nous étions là trois cents,
L'arme sur nos épaules;
Les corbeaux croassant
Se perchaient sur les saules,
Attendant que le fer
Au combat qui commence,
Ait moissonné la chair,
Festin flairé d'avance.

Sur la route qui trace au loin ses sillons blancs,
On aperçoit bientôt toute une armée immense:
Nous jetons le ravage et la mort dans ses flancs;.
Mais comme un flot humain, cette masse s'avance,
Nous nous montrons alors, et nous ayant comptés,
Les Prussiens contre nous lancent bombes et balles,
Les obus en sifflant ont des sons de cymbales,
Et leurs débris mortels volent de tous côtés.

C'est un bruit continu, comparable à la foudre,
Et l'éclair du canon, comme l'éclair des cieux,
Dans un nuage épais de fumée et de poudre,
Brille avant de lancer l'obus audacieux.
Nous cherchons un abri derrière une muraille,
Nous aidant de nos mains, marchant sur nos genoux,
Essayant de lutter encor, lorsque sur nous
Le mur noirci s'écroule, haché par la mitraille.

Pendant une heure encor on se battit; la nuit
Venait, sur nous elle apportait son ombre,
Et lorsque dans les airs eut cessé tout ce bruit,
Chacun se retira sur la montagne sombre.
Puis après la retraite, et pour l'appel du soir,
Il manquait dans nos rangs un jeune volontaire,
Etait-il égaré, gisait-il sur la terre?
On se le demanda, nul ne put le savoir!....

Atteint d'un mal subit, dans une fondrière,
Léon était resté sans secours, sans amis,
Et quand on l'appela, couché dans la poussière,
Il avait dû tomber sous les fers ennemis.....

Surprenant cet enfant qu'une douleur atroce
Avait cloué sur terre au moment du départ,
Chacun de le frapper voulut avoir sa part,
Et sur son dos meurtri fit rebondir sa crosse.

Il était seul, ils étaient cent ;
Mais dans son maintien qui les brave
Il montra qu'il était un brave
Aux ennemis ivres de sang.
Devant cet enfant sans défense,
Les assassins tremblants, ont peur,
Et de Mesny, le franc-tireur,
Vont faire un martyr de la France.

La ville était lugubre et morne.
Immobile comme une borne,
La sentinelle au casque noir
Veille fidèle à son devoir.
Tout-à-coup le sabre qu'on traîne
Et que l'on tire hors de sa gaine,
Se mêle au bruit de cent hourras,
Et l'on vit traîné par les bras,
Léon Mesny, le volontaire.
D'autres le frappaient par derrière,
Comme si c'était un bandit,
Riant de ce rire abruti
Où se montrait toute leur joie.
Tout-à-coup, fondant sur leur proie,
On les vit frapper tour-à-tour,
Avec la rage du vautour,

Cet enfant qui n'avait pour armes
Que son courage et que ses larmes,
Frappant jusqu'à l'heure où la mort
Vint terminer ce triste sort.
On assure, et, je le répète,
Que ses bourreaux (encore vivant)
Ont soulevé son corps sanglant
Au tranchant de la baïonnette.
Après cet horrible massacre,
Et s'énivrant à l'odeur âcre
De la poudre et du sang fumant,
On vit un barbare allemand,
Repu comme un tigre féroce,
Frapper encor à coups de crosse
Le cadavre de cet enfant.

DU MOUVEMENT DES ASTRES

Dans le vaste univers, où chaque astre qui passe
A sa route tracée aux voûtes de l'espace,
Des millions de soleils, de globes lumineux,
Dans l'incommensurable entraînent avec eux
Un monde planétaire. L'imposant satellite
Qui gravite autour d'eux, entraîne encor à sa suite
Des astres plus petits dont la rotation,
Chef-d'œuvre d'équilibre, effet d'attraction,
Les maintient dans les cieux à distances égales.
Ces astres étonnants, ces planètes rivales,

Attirés par un centre, ont fait un demi-tour ;
Le centre en fait autant, attiré tour-à-tour,
Obéissant comme eux aux lois du magnétisme ;
Par un ingénieux, un divin mécanisme,
S'attirant, se poussant, et réciproquement
L'impulsion donnée, entrent en mouvement.

Quand l'Etna furieux, le Vésuve en courroux
Lancent de tous côtés des feux mêlés de cendres ;
Quand un sourd craquement au loin se fait entendre ;
Quand les cieux bleus deviennent roux ;
Quand le monstre vomit ses laves bouillonnantes ;
Que le cratère en feu menace l'univers ;
Que ces torrents brûlants, aux vagues mugissantes
        Se précipitent dans les mers,
On a vu s'élever des montagnes mouvantes ;
Des îlots disparus, renaître au sein des flots ;
Des îles s'engloutir aux yeux des matelots
Et des rochers quitter leurs bases chancelantes.
Sous l'effort des volcans, la terre jadis ronde
Eut ses vallons, ses monts, son corps aérien.
Ce fléau destructeur fit naître un nouveau monde
        En ébranlant les bases de l'ancien.
La terre tourmentée, effrayant cataclysme,
Eut ses flancs déchirés : dans ce suprême effort
La masse, en se brisant, fit la presqu'île et l'isthme,
Le golfe d'un côté, le cap à l'autre bord.

(Extrait du poème de la Métempsycose).

LES PAPILLONS

A tes ailes d'opale,
Gracieux papillon,
La rose matinale
Offre son vermillon.
Sur le bluet qui pousse
Tu butines l'été,
Et tu prends à la mousse
Son duvet velouté.

Chez l'humble paquerette
Tu viens chaque matin
Voler à la pauvrette
Son plus riche butin.
Chaque jour tu te glisses
Sur de nouvelles fleurs,
Semant dans leurs calices
Tes œufs de vers rongeurs.

Ton aile diaphane
S'enrichit tour-à-tour
Sur la fleur qui se fane
Et qui se meurt d'amour.
Insouciant, tu voles,
Tourbillonnant toujours
Sur de fraîches corolles,
De nouvelles amours.

Lorsque dans les familles
Se glisse un papillon,
Les fraîches jeunes filles
Perdent leur vermillon;
Et l'enfant trop crédule
Aux propos du flatteur,
Sent dans son cœur qui brûle
Germer le ver rongeur.

L'amour est une flamme
Où léger papillon
Vient apporter son âme
Au brûlant tourbillon.
Par la flamme qui fume
Son cœur est attiré,
Et le feu qui consume
L'a bientôt dévoré.

L'INFANTICIDE

(L'ACCUSÉE DEVANT LE JURY)

Il disait qu'il m'aimait et me jurait, l'infâme,
Qu'il n'aimerait que moi, que je serais sa femme!
Je l'aimais, et je crus à son serment trompeur;
Je lui donnais ma vie, il me ravit l'honneur;
Et quand je le priai d'accomplir sa promesse,
Le lâche répondit : « Oh! reste ma maîtresse,

Car à toi maintenant je ne pourrais m'unir
Sans briser à jamais mes rêves d'avenir. »
Je compris aussitôt, à cet aveu féroce,
Que j'étais délaissée ; une douleur atroce
Me saisit, et je crus qu'enfin j'allais mourir ;
Oh ! je souffris alors tout ce qu'on peut souffrir ;
Sans mot dire il partit. Quand il ferma la porte
Tout mon sang se glaça, je tombai raide morte.

. . . .

. . . .

Quand je revins à moi la nuit était venue,
Puis en pensant à lui je me sentis perdue ;
Ah ! c'est alors, Messieurs, que j'aurais dû mourir,
Mais j'espérais encor l'entendre revenir.
Plus tard, quand je sentis remuer mes entrailles,
Mes mains pressaient mon front comme si leurs tenailles
Devaient faire jaillir un espoir de bonheur.
J'étais seule et bien seule avec mon deshonneur !
En songeant que bientôt j'allais devenir mère
Et qu'un jour mon enfant demanderait son père ;
Qu'il faudrait avouer ma faute tôt ou tard
Quand les autres enfants l'appelleraient bâtard.
Une pensée horrible, étourdissante, folle,
Germa dans mon cerveau. Telle une mouche vole
Et revient obstinée où l'on doit la chasser,
Ma pensée à mes yeux revenait se placer,
Me disant : Pour ton père au nom pur et sans taches,
Pour sauver ton honneur, il faut que tu te caches,
Afin que de sa mère il n'ait pas à rougir,
Je me dis : cet enfant, je le ferai mourir........

Le jour fatal venu, je mis un fils au monde ;
Sa bouche souriait. Mère maudite, immonde,
Je le saisis ! Mes mains, entrelaçant son cou,
Serraient ce petit ange, et je crus tout-à-coup
Dans ses vagissements distinguer ce langage :
« Ne me fais pas de mal, mère, je serai sage. »
Je détournai les yeux et je pressai plus fort.
Il tressaillit deux fois, puis une fois encor,
Puis il devint tout bleu sous l'énergique étreinte,
Et sur son cou ma main a laissé son empreinte.
En voyant se glacer ce charmant petit corps
Qui, sans avoir vécu, retournait chez les morts,
Je compris seulement la noirceur de mon crime
Et je m'évanouis auprès de ma victime........
Une immense clameur retentit dans la nuit :
C'était quelques voisins attirés par le bruit,
Car ma chute avait mis la maison en alarmes
Et ma porte cédait sous l'effort des gendarmes
Qui précédaient chez moi monsieur le procureur.
J'avouai tout. Saisis d'une indicible horreur
S'enfuirent les voisins, laissant dans les ténèbres
L'homme de loi frappé de mes récits funèbres,
Puis je sentis moi-même égarer ma raison.
Je ne revins à moi qu'au sein de la prison,
Un sentiment bizarre envahissait mon être,
Plus fort que le remords, plus terrible peut-être,
Le sentiment divin de la maternité
Se révélait en moi tout plein de volupté.
J'avais tué mon fils, ce fruit de mes entrailles,
Et déjà la nature, affreuses représailles !

Me faisait désirer ses caresses d'enfant
Pour épuiser le lait de mon sein bouillonnant.
Sans murmurer, j'attends votre arrêt redoutable
Qui frappera bientôt une mère coupable ;
Mais la loi n'atteint pas le lâche suborneur
Qui, sans honte et sans cœur, a ravi mon honneur :
Il peut encor troubler quelques pauvres familles,
Deshonorer demain de fraîches jeunes filles,
Mais lorsque sonnera l'heure du repentir,
Lorsque son cœur blasé ne pourra plus mentir,
Il songera qu'au loin une chétive femme
Expie un crime affreux. Les remords de son âme
Feront couler les pleurs du précoce vieillard ;
Il se repentira, mais il sera trop tard.

LE SUFFRAGE UNIVERSEL

La plus noble de nos conquêtes,
C'est le suffrage universel,
(De Damoclès, glaive éternel),
O rois ! suspendu sur vos têtes,
Gardez-vous d'y toucher un jour,
Ou redoutez, rois et ministres,
D'entendre encore les bruits sinistres
Et du tocsin et du tambour.
Quand un peuple est républicain
Et qu'il a pour arme son vote,

Il peut renverser un despote,
Il est maître de son destin.

Lisez des rois l'histoire intime
Et vous verrez le plus loyal
Salissant son manteau royal
Dans la débauche ou dans le crime.
Un peuple jaloux de ses droits
Est fier des libertés conquises,
Toujours si chèrement acquises
Contre la volonté des rois.
Quand un peuple est républicain, etc.

Quand les urnes seront ouvertes,
Armons-nous de nos bulletins,
Et que de noms républicains
Toutes nos listes soient couvertes.
Le député conservateur
Couvre sa face monarchique
Du masque de la république
Pour mieux tromper son électeur.
Quand un peuple est républicain
Et qu'il a pour arme son vote,
Il peut marcher la tête haute,
Car il est roi par le scrutin.

A LA RÉPUBLIQUE

O république! O déesse immortelle!
Ton nom longtemps fut un épouvantail,
Et cependant s'abritait sous ton aile
La liberté, mère du saint travail.
Mais aujourd'hui que le trône s'écroule,
Sur ses débris fumants, ensanglantés,
Viens, république, apporter à la foule,
Avec la paix, toutes ses libertés.

César, un jour, a volé ta couronne,
Mais trop petit pour porter ce fardeau,
Il est tombé.... Sur les débris du trône
Un bras vengeur a planté ton drapeau.
Au cri sacré : Vive la république,
Les cœurs français se sentaient transportés,
Puis aussitôt, par un effet magique,
Tes étendards flottaient de tous côtés.

Quand tes enfants, France, sauront l'histoire,
Quand chacun d'eux saura lire et compter,
La royauté sera chose illusoire
Et contre toi ne pourra rien tenter.
Français, il faut combattre l'ignorance,
Faire la guerre aux anciens préjugés ;
Il faut enfin régénérer la France,
A ce devoir nous sommes engagés.

O république ! au loin sur le rivage
Des malheureux attendent le grand jour
Où, grâce à toi, sur la terre sauvage,
Chacun pourra songer au gai retour.
Pardonne à tous, proclame l'amnistie !
La royauté ne pardonnerait pas ;
Les déportés réclament la patrie,
Ce sont des fils qui te tendent les bras.

POLIGNY, IMP. DE MARESCHAL.